CATALOGUE

D'une précieuse Collection

DE

PEINTURES & D'ESTAMPES JAPONAISES

KAKÉMONOS, ALBUMS, PIÈCES DÉTACHÉES

ET

D'OBJETS D'ART DU JAPON

POTERIE, CÉRAMIQUE, BRONZES, BRODERIES, NETSUKÉS

Inrôs, Boites en laque, Gardes de sabre

Masques, Étoffes brochées, Cloche & Statuettes Bouddhiques

PROVENANT DE LA

Collection de M. S... d'Anvers

VENTE A L'HOTEL DES COMMISSAIRES-PRISEURS

RUE DROUOT, SALLE N° 9

Les Lundi 18, Mardi 19 & Mercredi 20 Février 1895

A DEUX HEURES PRÉCISES

EXPOSITION PUBLIQUE, MÊME SALLE

Le Dimanche 17 Février

DE 2 HEURES A 5 HEURES

EXPOSITION PARTICULIÈRE, RUE COETLOGON, 10

Le Samedi 16 février

DE 2 HEURES A 5 HEURES

Mᵉ Maurice DELESTRE
COMMISSAIRE-PRISEUR
27, Rue Drouot, 27

M. Ernest LEROUX
LIBRAIRE-EXPERT
28, Rue Bonaparte, 28

PARIS
ERNEST LEROUX, ÉDITEUR
28, RUE BONAPARTE, 28

1895

Paris. — Imp. E. Menard & Cie, 8, rue Milton

CATALOGUE

D'une précieuse Collection

DE

PEINTURES & D'ESTAMPES JAPONAISES

ET

D'OBJETS D'ART DU JAPON

ORDRE DES VACATIONS

Lundi 18 Février		1 à 45
		95 à 126
	Partie du	142
		278 à 393
Mardi, 19 Février		46 à 75
		127 à 143
		394 à 500
Mercredi 20 Février		76 à 94
		144 à 153
		155 à 277
		154, kakémonos

CONDITIONS DE LA VENTE

La vente sera faite au comptant.

Les adjudicataires payeront *cinq pour cent* en sus des enchères, applicables aux frais.

M. Ernest Leroux se chargera des commissions des personnes qui ne pourront assister à la vente.

CATALOGUE

D'une précieuse Collection

DE

PEINTURES & D'ESTAMPES JAPONAISES

KAKÉMONOS, ALBUMS, PIÈCES DÉTACHÉES

ET

D'OBJETS D'ART DU JAPON

POTERIE, CÉRAMIQUE, BRONZES, BRODERIES, NETSUKÉS

Inrôs, Boites en laque, Gardes de sabre

Masques, Étoffes brochées, Cloche & Statuettes Bouddhiques

PROVENANT DE LA

Collection de M. S... d'Anvers

VENTE A L'HOTEL DES COMMISSAIRES-PRISEURS

RUE DROUOT, SALLE N° 9

Les Lundi 18, Mardi 19 & Mercredi 20 Février 1895

A DEUX HEURES PRÉCISES

EXPOSITION PUBLIQUE, MÊME SALLE

Le Dimanche 17 Février

DE 2 HEURES A 5 HEURES

EXPOSITION PARTICULIÈRE, RUE COETLOGON, 10

Le Samedi 16 février

DE 2 HEURES A 5 HEURES

Mr Maurice DELESTRE	**M. Ernest LEROUX**
COMMISSAIRE-PRISEUR	LIBRAIRE-EXPERT
27, Rue Drouot, 27	28, Rue Bonaparte, 28

PARIS

ERNEST LEROUX, ÉDITEUR

28, RUE BONAPARTE, 28

1895

IMPRIMERIE ARTISTIQUE

E. MÉNARD & Cie

Bureaux et Ateliers : PARIS — 8, RUE MILTON

PREMIÈRE PARTIE

OBJETS D'ART JAPONAIS

CÉRAMIQUE & POTERIE

1. Une soucoupe craquelée; — un petit plat jaune, chrysanthème en relief au fond; — quatre petites soucoupes jaunes truitées, chrysanthèmes jaunes, feuilles brunes.

2. Quatre soucoupes plates, biscuit, émaux polychromes en relief; — deux cendriers difformes, chrysanthèmes et feuilles, signés : Kenzan.

3. Deux cendriers carrés creux, coins carrés et rentrants, chimère bleue, signés : Kenzan; — deux soucoupes craquelées, fleurs polychromes.

4. Deux plateaux carrés bleu sur blanc, Imado; — deux plateaux creux carrés, décor brun, genre Coréen.

5. Trois plateaux ovales, chrysanthèmes, Owari; — deux plateaux forme feuilles à coulures, Owari.

6. Un plateau feuille verte et jaune craquelé; — un plateau jaune craquelé, décor polychrome en relief; — un plateau ovale, bord dentelé craquelé, forêt de pins; — deux soucoupes, bords dentelés, chrysanthèmes et feuilles brunes sur fond crémeux, signé : KENZAN.

7. Un plat craquelé fleur en relief, au centre; — un plat caractères rouges au centre d'une couronne devant un arbre fleuri, Koutani; — deux plats bords dentelés, branches de pins et chrysanthèmes blanches.

8. Une tasse fleurs polychromes, Satzuma; — une tasse fond gris, fleurs polychromes, grosse feuille à cheval sur le bord, Satzuma; — un petit bol iris et feuilles, signé : KENZAN.

9. Un bol rond rétréci à la panse, branche et feuilles polychromes, signé : KENZAN.

10. Un bol jaune foncé tache verte, décor blanc; — un bol gargoulette, craquelé, décor genre Coréen, cachet Seï.

11. Un bol gris, attributs et bordure polychrome de Kioto; — un bol élevé, bandes parallèles brun et vert, signé : KENZAN.

12. Un bol crêmeux craquelé, personnages et animaux polychromes de Kioto; — un bol plumes et arbrisseaux stylisés, Kioto.

13. Un bol (grand), bord dentelé verdâtre, Owari; — un bol langouste rouge et feuilles vertes, émaux en relief, Kioto.

14. Un bol élevé coulures grises, Owari; — un bol gris, feuilles sur fond neigeux; — un bol genre Yatsushiro, gris, décor blanc.

15. Un bol, personnages de Ninseï, Kioto; — un bol cylindrique craquelé, personnages émaux polychromes.

16. Un bol jaune craquelé, fleurettes et feuilles marron, Kioto; — un bol jaune, armoiries des Tokougawa en noir.

17. Un bol élevé, gris, cerisier fleuri; feuilles d'érable; — un bol cylindrique coulures grises et métalliques sur fond brun.

18. Un bol à quatre coins rentrants, craquelé, coulures vertes foncées; — un bol creux fond brun, grosse coulure au fond; — un gros bol cabossé, jaune craquelé, grandes coulures, parties non émaillées; — un bol rouge grosses fleurs, caractère Jiou à l'intérieur, signé : KENZAN.

19. Un bol de forme dentelée, province de Soma; — un bol de forme dentelée, province de Soma.

20. Un bol rouge cylindrique, Rakou; — un bol rouge et blanc, Rakou.

21. Un bol rouge foncé craquelé, Rakou; — un bol aurore et verdâtre, Rakou.

22. Un bol noir cylindrique, Rakou; — un bol coulures zébrées foncées, Rakou; — un bol bleu foncé sur mat cylindrique, Rakou.

23. Un bol cylindrique brun rat blanc et perles sacrées, Rakou; — un bol ovale, difforme, glaçure foncée, Rakou.

24. Un bol élevé, genre Temmokou.

25. Un bol, genre Temmokou.

26. Un petit pot jaune, coulures en relief foncées.

27. Un pot droit couvert foncé, coulées blanches; — un pot couvert à grosse panse, noir; — un pot non couvert brun, Owari.

28. Un petit pot, couvercle bois, brun à trois pieds, Owari; — un pot bas, noir.

29. Trois tshaïrés.

30. Huit tshaïrés.

31. Huit tshaïrés.

32. Huit tshaïrés.

33. Une théière biscuit mat, fleurs relief.

34. Une théière losangée, fond crême, chrysanthèmes et grues, couvercle chimère, Kioto.

35. Une théière à six pans, verte, ornements en relief.

36. Une théière rouge, imitant le laque rouge ciselé.

37. Une théière forme évasée, décorée rouge, or et argent.

38. Un petit écran jaune, genre coréen; — un écran vert et jaune.

39. Un gros pot couvert, vert gravé.

40. Un gros pot, vase à fleurs vert et marron, gravé, orifice en forme de plateau.

41. Une coupe sur piédouche gris, coulures blanches, Owari.

42. Un coulant de rouleau, carré, fond brun; — un petit vase à quatre pieds, rouge foncé; — un petit brûle-parfums foncé, gravure en or par Yérakou.

43. Une petite jardinière verte; — un petit pot vert; — un petit pot cabossé brun tacheté quatre pieds; — un brûle-parfums, genre Yatsoushiro.

44. Un gros pot gris mat, fruit et fleurs polychromes, Koutani.

45. Un cube vert ajouré, sur socle, Kioto; — une bonbonnière carrée jaune, couvercle ajouré, fleurs gravées polychromes.

46. Une petite bouteille cabossée, tachetée gris foncé; — une petite bouteille cabossée blanche, large orifice; — une petite bouteille jaune coulure verte.

47. Une petite gourde granulée goulot noir; — une petite gourde fond brun, grande coulure noire, Satzuma.

48. Une gourde grise décorée branche noire; — une bouteille à Saké grise, branche fleurie et feuilles érable polychromes.

49. — Une bouteille à Saké jaune pointillée, fleurs polychromes, Koutani ; — une bouteille à Saké céladon, panse imitant le bambou tressé.

50. Un vase à thé jaune pâle, coulées foncées, couvercle bois.

51. Une bouteille à Saké verte : carpe remontant le courant, en relief.

52. Un vase col allongé gravé vert et manganèse ; — une bouteille sans col, fond rocailleux, carpe remontant le courant et feuilles en relief.

53. Une gargoulette verte, côtelée, chimères jaunes.

54. Un petit flacon octogone vert, personnages et paysages en relief ; — un petit flacon octogone côtelé, coulures jaune rouge ; — une petite bouteille jaune pâle, goulot brun.

55. Une gourde grise, branches fleuries polychrome, Kioto ; une gourde jaune et bleue, fleurs polychromes.

56. Une bouteille foncée, zones chimeres, vagues gravées ; — une bouteille foncée cabossée, imitant des chaînons.

57. Une gourde veinée, bois jaune orange : — une bouteille fond plat, coulées blanches sur fond brun.

58. Une gourde fauve ; glycines et feuillage vert et or, Kioto.

59. Un vase piriforme, orifice élargi, noir ; — une bouteille grès mat, deux mascarons à l'épaulement, petit goulot, paysage en blanc fixe.

60. Une gourde verte, taches marron ; — un vase à long col gris foncé, coulées brunes.

61. Une grosse bouteille grise pointillée, coulures verte et blanche ; — une grosse bouteille noire pointillée, taches jaunes foncées.

62. Une grosse bouteille côtelée brune, col allongé.

63. Une grosse bouteille jaune foncé, large coulée blanche.

64. Une grosse bouteille foncée, craquelée, large coulée verdâtre, col très allongé.

65. Une grosse bouteille, deux proéminences, fond brun, grosses coulées gris perle, Owari.

66. Un gros vase à trois anneaux, gris-bleu, cabossé.

67. Une bouteille rugueuse. Bizen.

68. Une gourde à feuilles polychromes. Bizen.

69. Une gourde araignée et herbes dorées. Bizen.

70. Un flacon carré, libellule et vigne. Bizen.

71. Une petite jardinière, deux taches céladonnées et coquillages en relief. Bizen.

72. Un bûcheron assis sur son fagot. Bizen.

73. Un philosophe assis sur un cerf au repos. Bizen.

74. Un groupe : Hotei assis, contemplant un Manzaï debout sur une balle de riz. Bizen.

75. Un philosophe sur un cerf au repos. TAKATORI.

PORCELAINE

76. Un porte pinceau-godet à eau, turquoise; — un flacon blanc gravé, médaillons polychromes; — un petit pot à saké sans fond; — deux shojo adossés; — une bonbonnière octogone, blanc, décor rouge.

77. Une pomme de canne blanche; — un petit pot blanc et bleu; — une petite jardinière carrée, verte, gravée; — un godet à eau, singe rouge et kaki.

78. Un plateau, feuille tachetée; — un coulant rouge, ornements polychromes.

79. Une boîte à fard, décor genre Kakéyémon (Arita); — une boîte à fard rouge et vert, Koutani.

80. Une jardinière, coquillage à pointes; — une petite jardinière ronde, blanche, volée d'oiseaux; — une petite jardinière coupe, kaki, bleu et blanc.

81. Deux petites coupes, feuilles brunes à coulées blanches; — deux raviers gris-bleu, décor fleurs en or et polychromes.

82. Une petite tasse, décors très fins rouge et or, Koutani; — une petite coupe élevée sur pied, décors très fins rouge et or, Koutani avec le caractère Jiou plusieurs fois répété.

83. Une théière plante aquatique, anse chimère, bec grenouille.

84. Une petite jardinière jaune foncée, chrysanthèmes et mascarons en relief; — une petite jardinière blanche, chimère bleue en relief.

85. Une tasse trembleuse avec soucoupe et couvercle polychrome, Imari.

86. Une petite jardinière cylindrique quadrillé polychrome et médaillons, Imari; — une petite jardinière polychrome Imari.

87. Une petite bouteille marron pointillé par Makoudzou; — un vase bleu gravé.

88. Une bonbonnière rectangulaire verte, couvercle ajouré, branches fleuries en relief.

89. Une bonbonnière : Carpe.

90. Un vase blanc à anse enchâssée dans une panse à six pans noirs.

91. Une jardinière cylindrique, fleurs relief en céladon; — un écran porte-bouquet céladon; — un écran porte-bouquet chimère céladon.

92. Un écran formé d'une chimère céladon montée bois sculpté.

93. Un compte-gouttes, Hotei et enfants entourés d'un drap blanc.

94. Une coupe, bord festonné, rouge, sur quatre pieds.

ÉMAUX ET BRONZES

95. Deux petites tasses émail cloisonné.

96. Une jardinière cylindrique, gravée et caractères bronze.

97. Un cône tronqué, gravé, bronze.

98. Un petit vase gravé à deux anses

99. Un petit vase gravé à deux anses, panse surbaissée.

100. Une jardinière carrée, noire dorée, quatre pieds, angles à arêtes, deux anses, médaillons gravés et en relief.

101. Un vase carré panse surbaissée, deux anses, ornements gravés.

102. Une jardinière carrée, coins arrondis, quatre chimères en relief, quatre petits pieds.

103. Une théière, bambou tressé, chrysanthèmes, couvercle laque d'or.

104. Une jardinière rectangulaire basse, ornements gravés, deux anses unies, quatre pieds.

105. Une théière formée par des feuilles aquatiques sur lesquelles est posé un crabe, couvercle patine rouge.

106. Un brûle-parfums rond tripode, deux anses.

107. Un vase patine rouge, oiseau de Hô, anses formées par deux personnages.

108. Un vase, personnages sur fond quadrillé, tortue en relief.

109. Un vase personnages sur fond quadrillé.

110. Un vase cylindrique gravé, deux oreilles, trois pieds formés par branches fleuries.

BRODERIES

111. Un portefeuille brodé, oiseaux sur fond d'or.
Un portefeuille brodé, papillons, sur fond d'or.

112. Un portefeuille brodé, fleurs, sur fond d'or, coulant.
Un portefeuille brodé, fleurs sur fond d'or, coulant.

113. Une poche à tabac, soie avec chaine et menuki, flacon doré; — une boite à tabac formée par deux cylindres bois.

NETSUKÉS

114. Un netsuké, bois, voyageur attachant des chaussures en paille à son cheval.

115. Un netsuké, bois, Shoki et diable.

116. Un netsuké, ivoire, masque de diable.
Un netsuké, ivoire, masque de danseur de Nô.
Un netsuké, ivoire, masque grotesque.

117. Un netsuké, ivoire, masque grotesque.
Un netsuké, ivoire, masque à grand front.

118. Un netsuké, ivoire, deux chimères jouant.
Un netsuké, ivoire, trois chimères jouant.

119. Un netsuké, ivoire, chimère sur rocher.
Un netsuké, ivoire, chimère se grattant la joue.
Un netsuké, ivoire, chimère à longue barbe et son petit.

120. Un netsuké, ivoire, enfant et taureau couché.
Un netsuké, ivoire, Hotei et deux enfants.
Un netsuké, ivoire, Sennin Gama et crapaud.

121. Un netsuké, ivoire, philosophe sur rocher.
Un netsuké, ivoire, philosophe sur rocher.

122. Un netsuké, ivoire, enfant portant makimono.
Un netsuké, ivoire, grotesque assis tenant un vase.
Un netsuké, ivoire, singe sur cheval, porcelaine.

123. Un netsuké, ivoire, rat sur tige de bambou.
Un netsuké, ivoire, dame debout tenant une lance.

124. Un netsuké, ivoire, lutteur.
Un netsuké, ivoire, personnage géant tenant un gobelet.

125. Un netsuké, ivoire, guerrier debout tenant un arc.
Un netsuké, ivoire, femme jouant avec un chien.

126. Un netsuké, ivoire, chien sur socle.
Un netsuké, ivoire, personnage couché sur coussin.
Un netsuké, ivoire, attributs de tchanoyou.

127. Vingt quatre netsukés de bon style, en bois et en ivoire.

OBJETS EN BRONZE

128. Deux jardinières bronze.

129. Un paon, une chimère bronze.

130. Un brûle-parfum tortue, oiseau.

131. Un tronc d'arbre, une théière fer.

132. Un brasero, un cheval bronze.

133. Deux plateaux à anses bronze.

134. Une jardinière bronze.

135. Deux chandeliers fer.

136. Deux plats cloisonnés.

137. Deux plats cloisonnés.

138. Une cloche de temple en bronze.

139. Deux casques.

140. Deux casques.

LAQUES

141. Vingt-deux Inrôs en laque et en laques d'or. Pièces complètes avec coulants et boutons.

GARDES DE SABRE

142. Cent-cinquante gardes en fer, avec ciselures et incrustations.

MASQUES

143. Vingt masques anciens.

POTERIE

144. Une potiche à décor vert avec médaillon blanc à personnages.

STATUETTES BOUDDHIQUES

145. Un grand Bouddha debout, dans une auréole.

146. Un Bouddha doré, sur un pied en fleurs de lotus.

147. Un Bouddha bénissant, laqué.

148. Une pagode de forme hexagonale, hauteur 0,72 c.

BOIS SCULPTÉS

149. Un panneau à personnages, Shoki, le tueur de diables.

150. Un personnage à masque d'oiseau jouant de la flûte.

ÉTOFFES

151. Sept Foukousas, peints et brodés.

152. Six robes.

153. Vingt-trois grands morceaux d'étoffes brochés.

KAKÉMONOS

154. Une cinquantaine de Kakémonos anciens, d'artistes des différentes écoles.

Les pièces de ce numéro important, ainsi que celles des numéros précédents seront vendues isolément.

ESTAMPES JAPONAISES

KORIN

155. Le colin-maillard. Grande pièce de format oblong en très beau tirage.

156. Trois personnages sous des lanternes; — cigognes au bord de la mer; — cerisier en fleurs; — petits oiseaux voletant au-dessus des flots; — pivoines; — fleurs et feuillage. Six planches de format oblong.

TORII KIYONOBOU

157. Acteur de drame. Pièce de format étroit, coloriée à deux tons.

TORII KIYOMASSOU

158. Scène allégorique. Un grand personnage debout et, devant lui, deux hommes de petite taille armés de longues épées. Belle pièce à tons laqués de la série fort rare des *ouroushi-é*.

159. Un guerrier la tête couverte d'un vaste chapeau de paille. Belle pièce à tons laqués.

TORII KIYOMITSOU

160. Scène de drame. Un guerrier, au masque convulsé, regarde le ciel d'un œil menaçant, tandis que deux démons se cramponnent à son arc. Belle pièce en hauteur.

161. La joueuse de volant. Pièce d'un élégant dessin en très beau tirage.

162. Jeux d'enfants. Trois femmes et trois enfants avec une toupie, une poupée, un cheval de bois. Gracieuse composition en forme de triptyque d'une jolie tonalité rose.

163. Une dame montrant à un jeune samouraï agenouillé devant elle, une image qui semble être son propre portrait. Format étroit en hauteur. Tirage à deux tons rose et vert.

164. Deux pièces. Un acteur en costume de Komosso; — Deux jeunes femmes arrangeant des fleurs dans un vase. Pièces étroites en hauteur.

165. Une courtisane en promenade, accompagnée de ses deux petites Kamouros. Belle pièce de grand format, à coloris brillant sur fond gris.

TORII KIYOHIRO

166. Scènes de théâtre. Deux pièces en hauteur coloriées à deux tons.

167. Acteurs de drame. Deux pièces en hauteur à deux tons.

168. Guésha exécutant une danse noble. Belle pièce de grand format.

169. Une dame abritée sous un parasol voit une grenouille sauter vers elle. Très belle pièce en petit format Kakémono.

PRIMITIFS

170. Deux pièces à ton vert. Scènes à plusieurs personnages.

171. Trois pièces en noir.

172. Une déesse aux draperies flottantes, jouant du biwa. Pièce rare de petit format.

173. Embarquement sur un bateau pavoisé. Pièce de format oblong.

OKOUMOURA MASSANOBOU

174. Deux estampes imprimées en blanc sur fond noir. Un homme sur un bœuf regardant le Foudji vu dans l'éloignement ; — deux enfants lisant. Curieuses pièces imitant certaines impressions sur pierre de la Chine.

175. Deux Komossos jouant de la flûte devant une dame accompagnée d'une petite suivante. Gravure au trait. Grand format oblong.

176. Deux femmes lisant sur une terrasse. Estampe au trait. Grand format oblong.

177. Compositions burlesques sur les dieux du bonheur. Deux pièces de grand format oblong. Fond bruni.

178. Intérieur d'une maison de plaisir. La boiserie rouge de l'édifice forme comme un encadrement à la scène principale où l'on voit des femmes du Yoshiwara jouant au gô ou devisant avec leurs amoureux. Dans une pièce voisine, d'autres femmes se livrent au plaisir de la danse et de la musique. Par les baies ouvertes, on voit la rivière et la campagne.

Belle pièce, fort rare.

179. Une jeune femme assise au bord d'un torrent, se retourne vers un jeune pèlerin grimpé derrière elle sur un arbre et qui semble l'interpeller au moment où elle montre à nu ses jambes. Charmante pièce, de grand format, à tonalités rose et verte.

Œuvre rarissime en très bel état.

NISHIMOURA SHIGHÉNAGA

180. Scènes au milieu de paysages traités d'une façon assez rudimentaire, à la manière chinoise. Trois pièces en hauteur.

ISHIKAWA TOYONOBOU

181. Petit danseur, gambadant avec un cheval de bois au milieu de fleurs de chrysanthèmes. Belle pièce de grand format. Impression à deux tons rouge et vert.

SOUZOUKI HAROUNOBOU

182. Un petit garçon en costume de Nô, danse, au son d'un tambour sur lequel frappent deux autres gamins. Jolie pièce de format carré.

183. Superbe composition formant triptyque. Au milieu un élégant samouraï jouant de la flûte, à droite et à gauche, deux jeunes femmes fort gracieuses et, dans le fond, une barrière derrière laquelle on distingue des chrysanthèmes et d'autres fleurs. Pièce de format oblong.

Rare et magnifique pièce.

184. Deux femmes sur une terrasse près d'un jardin. Jolie pièce de format carré.

185. Causerie de jeunes femmes; — L'échelle. Deux pièces de format carré.

186. Jeux de mains. — Partie de volant interrompue. Deux pièces de format carré.

187. Les princesses, porteuses d'eau salée; — Le petit paresseux dormant sur son cahier d'écriture. Deux pièces de format carré.

188. Un château fortifié construit sur une presqu'île; — Un guerrier au repos. Deux pièces de format étroit, d'un style très rare dans l'œuvre du maître. La seconde porte le cachet de Kiosaï.

189. Un élégant cavalier. A ses pieds un homme du peuple laissant tomber un petit couteau. Très belle pièce en format carré. Fond gris.

190. Enfants dansant et jouant de divers instruments. Belle pièce carrée à fond bistré.

191. Jeune fille nue se préparant à entrer au bain. ADMIRABLE et RARISSIME estampe de format carré en excellent état. Le nu complet est chose presque inconnue dans l'estampe japonaise.

Cette pièce de tout premier ordre est fort rare.

192. La sortie du bain. Jeune fille cachant en partie sa nudité sous un ample peignoir.

Cette admirable pièce qui forme série avec la précédente est également d'une extrême rareté.

193. La cueillette des nénuphars. Deux jeunes femmes dans une barque. Gracieuse composition d'un coloris léger, sur fond bistré.

194. Le passage du gué. Jeune femme en large costume rose flottant, sur le dos d'un jeune et élégant porteur. Jolie pièce d'un coloris brillant sur fond gris.

195. Scènes d'amour. Quatre compositions représentant des scènes d'amour et qui peuvent être citées parmi les chefs-d'œuvre les plus rares de ce maître des fêtes galantes au Japon.

Pièces de premier ordre comme composition, tirage et conservation.

196. Promenade de courtisane. Jolie pièce d'un excellent coloris.

197. Enfant coiffant sa mère. Pièce de premier ordre, comme dessin, coloris et état.

198. Courtisanes en visite, à l'occasion du premier jour de l'an. Pièce oblongue sur fond gris. Rare.

IPPITSOUSAI BOUNTCHO

199. Acteurs et scènes de drame. Quatre belles pièces en excellent tirage. Format étroit en hauteur.

Ces estampes seront vendues séparément.

KORIOUSAI

200. Scènes à deux personnages sur des terrasses, avec fond de paysages. Gracieuses compositions d'un bon coloris. Deux pièces.

201. La promenade des nouvelles toilettes au Yoshiwara. Grande pièce à six personnages.

202. Promenades de courtisanes. Deux belles pièces d'un riche coloris. Grand format.

203. Conversations d'amoureux. Deux bonnes pièces de format carré.

204. Promenade de courtisanes. Très belle pièce de grand format. Fond gris.

205. Trois jeunes femmes autour d'un brasero sur lequel chauffe le saké. Scène charmante en délicieux tirage à tons brillants.

206. Promenade du Lion de Corée. Jolie pièce au trait, rehaussée de quelques légères touches roses.

207. Femme jouant avec un petit garçon qui se cache derrière un Tsouitate.

KATSOUKAWA SHOUNSHO

208. Un guerrier armé de toutes pièces, et monté sur un magnifique cheval noir s'apprête à bander son arc. Pièce de grand format.

209. Scène de drame à deux personnages. Pièce de grand format.

210. Acteur en femme. Jolie pièce de format étroit.

211. Acteurs. Deux pièces en bon tirage.

212. Combat de Benkeï et du petit Yoshitsouné ; — Un Komosso jouant de la flûte près de deux dames. Deux pièces de format carré.

213. Un guerrier, l'oreille collée à une porte qu'il se prépare à entoncer; — Ebisou prête sa ligne à une dame pour pêcher une dorade. Deux pièces intéressantes de format carré.

214. Acteur en femme. Jolie pièce à tons légers.

215. Scène de comédie. Gravure en noir.

SHOUNYEI

216. La promenade du Lion de Corée; foule énorme descendant d'un grand pont circulaire qui occupe le milieu de la composition. Pièce de grand format oblong.

217. Combat sur un pont au milieu d'un paysage montagneux coupé de flammes rouges. Pièce de grand format oblong.

218. Portraits d'acteurs. Cinq belles pièces de format étroit.

219. Yoshitsouné et ses compagnons d'armes. Groupe de vingt-et-un personnages. Pièce intéressante de grand format.

220. Acteurs. Deux pièces de format étroit.

221. Un lutteur. Pièce de grand format, fond gris.

221 *bis*. Kintoki portant le lion de Corée, en compagnie de divers animaux, dont un ours noir.

SHOUNKO

222. Acteur en femme exécutant une danse. Pièce étroite en hauteur.

223. Acteur de drame, portant un enfant dans ses bras et s'abritant sous un parapluie. Belle pièce en hauteur.

224. Acteurs. Deux pièces en hauteur.

225. Acteurs. Deux pièces en hauteur.

226. Scène de Nô à trois personnages, deux femmes portant des fleurs et un acteur agitant son éventail. Belle pièce de grand format.

SHOUNSEN

227. Pêcheuses d'awabi, près d'un rocher sur lequel est grimpé un gamin qui les regarde en riant. Près de là, deux femmes causent et fument. Intéressante pièce de format oblong.

228. Trois porteuses d'eau salée et deux enfants au bord de la mer. A l'horizon un soleil couchant. Belle pièce, format oblong.

229. Femmes et enfants. Quatre compositions, format oblong.

230. Femme pêchant au filet; — Porteuses de sel. Deux belles pièces de format oblong.

231. Promenade sous la neige; — Débarquement à dos d'homme. Deux pièces de format oblong.

YEISHI

232. Les barques, grande composition de cinq feuilles, représentant plusieurs bateaux portant d'élégantes jeunes femmes en partie de plaisir. Tirage à tons doux.

233. Jeunes femmes en promenade au bord de la Soumida. Triptyque d'une harmonieuse composition à couleurs délicates. Fond intéressant de paysage.

234. La chasse aux libellules. Gracieux triptyque à tons fins.

235. Jeunes femmes arrangeant des arbustes. Deux jolies pièces de format carré.

236. La sieste au bord de la Soumida. Gracieuse composition à trois personnages. Format carré.

237. Promenade dans la campagne. Au fond, une grande pelouse avec de nombreux promeneurs. Diptyque.

238. Jeune femme à genoux, présentant une boîte sur laquelle sont posées des coupes à saké et des fleurs. Élégante estampe de grand format.

239. Cinq courtisanes près d'une baie circulaire donnant sur la campagne. Pièce de format oblong.

240. Trois jeunes femmes sur une terrasse. Composition en hauteur.

241. Un jeune prince et des dames près d'une tente.

242. Six jeunes femmes dans un kiosque au bord de la mer. Diptyque de format oblong.

243. Dames et enfants en visite. Élégant diptyque à coloris léger.

244. Deux balayeurs déroulent en riant un makimono. Pièce curieuse, en petit format Kakém no.

245. Femmes sur une terrasse au bord de la Soumida. Belle pièce à tons brillants.

246. Un poète. Pièce de grand format, fond bistré.

247. Courtisanes en promenade. Deux belles pièces, format Kakémono.

248. Un jeune homme lançant par un tube un jet d'où s'échappe en l'air un petit cheval. Une femme debout assiste étonnée à cet étrange spectacle. Pièce en format Kakémono.

249. Un homme enveloppé dans un peignoir d'un dessin original et portant sur l'épaule une pile de boîtes est observé curieusement par deux femmes à leur fenêtre. Belle pièce en format Kakémono.

YEISHO

250. Plaisirs de jeunes femmes. Deux pièces de grand format, d'un coloris délicat.

251. Superbe portrait de courtisane tenant à la main une coupe à saké. Charmante pièce de grand format, fond bistré.

YEISEN

252. Femme et enfant attrapant un poisson sur le bord de la mer. Pièce de grand format.

253. Femmes au bord de la mer ramassant des coquillages. — Deux courtisanes dans leur intérieur. — Une guésha et son shamisen.

YESSUI

ÉLÈVE DE YEISHI

254. Portrait de courtisane. — Scène d'amour. Deux pièces de grand format en excellent tirage.

SHOUNTSCHO

255. Promenade de courtisanes. — Jeunes femmes dans la campagne. Deux pièces en grisaille. Format carré.

256. Familles en promenade. Deux pièces carrées.

257. Une dizaine de personnages sur une terrasse auprès d'un jardin. Diptyque d'un coloris délicat.

258. Courtisanes en promenade. Deux belles pièces de grand format.

259. Rencontre de deux dames et d'un acteur sur un pont. Pièce de grand format.

260. Promenade au bord de la Soumida. Pièce de grand format.

261. Jeunes femmes en partie de plaisir au bord de la Soumida. Composition d'un sentiment exquis et du plus élégant coloris. Triptyque rare et l'un des meilleurs du maitre.

KITAO SHIGHÉMASSA

262. Acteurs dans des rôles de femmes. Deux jolies pièces en hauteur.

263. Un daïmyio, suivi de deux serviteurs, marche dans la campagne. Deux écuyers tiennent en bride son cheval blanc.

KITAO MASSAYOSHI

264. Fleurs et oiseaux. Trois pièces de grand format oblong, signées Keisai. Estampes intéressantes d'un coloris hardi et vigoureux.

265. Scène de drame. Grande composition avec fond de paysage. Format oblong.

266. Portique précédant un temple. Grande composition à nombreux personnages. Au premier plan, la foule se presse devant les boutiques d'objets de piété, des aveugles, des mendiants demandent l'aumône. (Œuvre intéressante à comparer avec le sujet identique traité par Outagawa Toyoharou et décrite dans ce catalogue. N° 349).

267. Un guerrier armé de toutes pièces, monté sur un magnifique cheval noir. Près de lui, un soldat à pied. Dans le fond, une colline verte où l'on voit flotter des étendards.

KITAO MASSANOBOU

268. Scènes au Yoshiwara. Choix d'étoffes et préparatifs du thé. Beau diptyque de grand format oblong.

269. Plaisirs de courtisanes. Charmante composition à deux feuilles en excellent et précieux tirage.

KIKOUGAWA YEIZAN

270. Courtisane lisant les vers des trente-six poètes. Jolie pièce en hauteur.

271. Courtisane s'apprêtant à peindre un éventail.

272. Lecture et musique. Scènes à deux personnages. Deux pièces de grand format.

273. Autres scènes de la vie des courtisanes. Quatre planches de grand format. Pièces d'un bon coloris.

274. Occupations et plaisirs au Yoshiwara. Belle suite de dix planches en beau tirage.
Ces pièces seront vendues par deux.

275. Promenade dans la neige. Superbe triptyque en excellent tirage. A noter, les trois enfants confectionnant une boule de neige et l'un d'eux soufflant dans ses doigts pour les réchauffer. Très curieux et très vrai d'expression.

SHARAKOU

276. Portrait d'acteur en femme. Draperie rouge décorée d'une armoirie blanche. La coiffure est accompagnée d'une sorte de visière violette qui tombe sur le front et ajoute à l'étrangeté de cette longue et maigre figure, éclairée par deux petits yeux surmontés d'immenses sourcils. Belle pièce à fond micacé.

277. Un acteur en costume mauve. Grosse face où brillent deux yeux qui semblent vouloir deviner la pensée de l'interlocuteur. Fond micacé. Pièce d'un grand caractère.

TORII KIYONAGA

278. Scène à plusieurs personnages dans un jardin. Diptyque en grisaille, d'un beau dessin. A noter le curieux effet de réverbération d'une lanterne.

279. Les laveuses. — Quatre femmes dans la campagne. Pièce de grand format.

280. Jeunes femmes en promenade. Deux pièces de format carré.

281. Personnages dans une barque pavoisée. — Scène de comédie. Deux belles pièces de grand format.

282. Trois jeunes femmes assistant à un spectacle, du haut d'une terrasse. — Deux jeunes samouraï et trois dames en promenade. Deux pièces de grand format.

283. Scènes de théâtre. Deux planches de grand format.

284. Au Yoshiwara. Scènes à plusieurs personnages. Deux planches de grand format.

285. Portrait d'un petit musicien jouant de différents instruments. Quatre grandes planches d'un élégant coloris.

286. Les préparatifs du coucher. Très belle pièce à trois personnages dont un vu en transparence derrière une moustiquaire verte.

287. Quatre personnages dans une barque. Au fond, un rivage rendu avec ce soin et cette habileté qui font de Kiyonaga le premier en date des paysagistes japonais.

288. Trois jeunes femmes dans un jardin. Pièce très curieuse, de la première manière de l'artiste, rappelant le style de l'école primitive des Torii. Tirage rouge et vert.

289. Groupes de jeunes femmes. Trois magnifiques pièces de grand format d'un dessin et d'un coloris admirables.

290. Jeune danseur en costume princier. Très bel exemplaire en tirage à tons brillants.

291. Groupe de courtisanes. Deux pièces de format carré dans le style de Koriousaï.

292. Jeune homme debout près d'un portique. Belle pièce en format kakémono.

293. Jeune femme sur une terrasse. Elle rattache sa ceinture. Pièce en format kakémono.

294. Scène de l'espion des Ronins. Belle pièce à trois personnages. Format kakémono.

TORII KIYOMINÉ

295. Ebisou dansant avec son poisson sur un fond de tonneau.

OUTAMARO

296. L'Olympe japonais représenté par des enfants figurant Hoteï, Daïkoku, Bishamon, Benten, etc. Le groupe d'enfants est monté sur un grand bateau à roulettes, à la carène finissant en tête de Ho-o, que traînent des femmes, dont l'une allaite un nourrisson. Ce triptyque est une des dernières productions d'Outamaro qui, fait observer M. de Goncourt, mourut un an plus tard, en 1806.

297. Barque sous le grand pont de la Soumida pendant une fête de nuit. Des femmes élégantes s'accostent d'un bateau à l'autre, tandis que la foule se presse pour assister au feu d'artifice. Beau triptyque.

298. Le même, en tirage plus moderne d'une toute autre tonalité.

299. Arrangement de plantes dans des vases. Trois pièces de format carré sur papier crêpon. Estampes curieuses et rares dans l'œuvre du maître.

300. Petits portraits de courtisanes. Deux charmantes pièces de format carré.

301. Scènes de la vie des Guéshas. Deux pièces de format carré.

302. Une femme et une petite fille. Pièce carrée à fond jaune.

303. Courtisanes en conversation. Pièce de grand format.

304. Une femme aunant sur le dos d'un jeune homme le peignoir à pois blancs qui semble être l'uniforme des hommes au Yoshiwara.

305. La pêche. Deux femmes et un homme dans une barque. Jolie composition.

306. Femme assise arrangeant des fleurs. Pièce d'un chaud coloris sur fond jaune.

307. Deux courtisanes examinant des chrysanthèmes peints à l'aquarelle. Charmante et délicate composition d'une douce tonalité rose et verte.

308. Un jeune prince et trois dames.

309. Une femme tenant une étoffe entre ses dents. Tête curieuse, coiffure très soignée.

310. Mélancolie. Beau portrait de femme en buste.

311. Une courtisane cachant son amant sous ses jupes.

312. Préparatifs de toilette au Yoshiwara. Scène à deux personnages.

313. Promenade dans la campagne ; — Scène sur une terrasse. Deux pièces traitées à la manière de Kiyonaga.

314. Une femme portant un enfant sur ses bras s'abrite sous un vaste parasol. La touffe de cheveux de l'enfant produit une tache bizarre au milieu de la composition.

315. Partie de volants interrompue. Jolie pièce à tons légers.

316. Les dieux du bonheur jouant une partie d'osselets. Pièce caricaturale très curieuse, de la premiere manière d'Outamaro. Rare.

317. Deux femmes chantant. Jolie petite pièce carrée.

318. Quatre personnages lisant et buvant du saké. Format carré.

319. Scènes à deux et trois personnages. Sept pièces de grand format en tirage ancien.

320. Scène d'amour. Une dame et un daïmiyo, la figure couverte de fard. Une dame endormie et un moine à la figure fardée qui lui glisse une lettre dans sa poche. Deux pièces fort rares en excellent tirage à tons brillants.

321. Deux amoureux près d'un arbre en fleurs. Pièce en magnifique tirage.

322. Jeunes femmes sortant du bain. Charmante pièce.

323. Femmes à la cuisine. Estampe en excellent tirage.

324. Portraits de courtisanes en buste. Deux pièces du dessin le plus soigné, en beau tirage.

325. Une femme vue à travers la transparence d'une étoffe à pois blancs qu'elle examine tandis qu'un petit garçon joue à ses pieds. Très belle pièce avec noirs laqués.

326. Deux femmes essayant de consoler un enfant.

327. Une mère apportant à son petit garçon une caisse de jouets. Pièce en excellent tirage.

328. Cortège d'une princesse qui vient de descendre d'un lourd charriot. Deux feuilles d'une élégante tonalité, où dominent des roses et des jaunes légers.

329. Fête de nuit sur la Soumida. Triptyque célèbre où l'on voit le fleuve sillonné d'une quantité de barques pavoisées et remplies de musiciens, courtisanes, gens du peuple, se divertissant, tandis qu'au fond le grand pont est surchargé d'une foule qui assiste au feu d'artifice.

330. Marchande de chansons accompagnant avec un carillon un jeune homme qui joue de la flûte. Pièce de grand format, d'une extrême élégance de dessin et de coloris.

331. Courtisane, vue en buste, tenant une lettre dans ses mains jointes.

332. Une mère s'approchant de son enfant, effrayé par des spectres qu'il voit en rêve.

333. Mère tenant son enfant étroitement serré sur son sein. Très belle pièce de grand format.

334. Mère allaitant son enfant. Pièce superbe.

335. Trois jeunes femmes sous un arbre. Jeux de mains. Tirage harmonieux.

336. Petit berger sur un bœuf. Pièce en noir.

337. Deux femmes jouant avec un enfant.

338. Un moine pélerin et un cerf. Petit format Kakémono.

339. Promenade au Yoshiwara le jour de la fête des cerisiers.

340. Une courtisane debout, la ceinture dénouée, une serviette à la main. A ses pieds est couchée une petite Kamouro. Pièce de grand format.

341. Courtisane en promenade. Pièce de petit format étroit, en excellent tirage.

342. Une mère entre ses deux enfants. L'un la bat, l'autre lui tire la langue. Jolie pièce sur fond gris.

343. Sujets maternels. Enfant attrapant un poisson rouge dans un baquet.

344. Bain d'un enfant.

345. Une mère et son petit garçon se promenant avec deux petits chiens.

Toutes ces feuilles sont en excellent état et en fort beau tirage.

346. Les ouvrières de la soie. Belle et rare série de douze planches de grand format. Nos douze feuilles sont en très bon tirage et d'une même édition, avec les nuages du haut imprimés en gris.

OUTAGAWA TOYOHAROU

347. Scène de drame, jouée sur un théâtre dont le fond est divisé en trois compartiments par des boiseries jaunes formant cadre. Pièce de grand format oblong.

348. Fête de nuit après une victoire. Belle pièce d'un curieux effet avec son premier plan tout illuminé, tandis que le fond du ciel est d'un noir intense. La rivière est sillonnée de barques chargées de lanternes rouges. Sur la terre on voit défiler tout un cortège escorté de soldats portant des lanternes et, dans la montagne voisine, un corps de cavalerie agite de longues lances ornées, les unes de banderolles, les autres de lanternes aux vives couleurs.

349. Portique précédant un temple. De chaque côté des boutiques d'objets de piété. Devant, deux séries de huit grosses lanternes forment comme une allée qui se prolonge par une autre série de semblables lanternes dans la cour du temple. Dans le fond, une construction à terrasses où montent des pèlerins. Pièce intéressante montrant bien l'habileté de l'artiste à grouper des foules et à vivifier une composition par maints épisodes traités avec une verve intarissable. A comparer avec le sujet identique traité par Kitao Massayoshi. N° 266.

350. Une baie avec de nombreux bateaux à l'ancre. Dans le fond, un pont circulaire et la ligne d'horizon empourprée de rose par le soleil couchant.

OUTAGAWA TOYOHIRO

351. Occupations de jeunes femmes. Six jolies pièces de petit format carré.

352. Une femme accroupie près d'ustensiles à saké. Belle pièce de grand format en excellent tirage.

353. Jeune femme arrosant un iris. Elégante composition à tonalité rose. Pièce de grand format.

354. Jeune femme accrochant une suspension qu'elle vient d'orner de fleurs. Composition d'un bel effet décoratif. Pièce en grand format.

355. Cortège de l'ambassadeur de Corée, représenté dans un Niwaka. Superbe composition à quatre feuilles en excellent tirage. Fort rare.

TOYOKOUNI

356. L'acteur Koshiro. Portrait en pied. — Un autre acteur dans un rôle de comédie. Portraits très expressifs. Deux pièces de grand format.

357. Deux courtisanes et un galant sur une terrasse au bord de la mer. Les figures de femmes sont traitées à la manière de Shounsho. — Les effets du saké. Scène à trois personnages. Deux pièces de grand format.

358. Acteurs et scènes de théâtre. Trois planches de grand format.

359. Une mère donnant à son fils une leçon d'écriture. — Courtisane en promenade. — Jeune femme accroupie tenant un almanach ouvert. Trois pièces de format carré.

360. Beau triptyque à douze personnages.

361. Sur une terrasse un soir de fête. Un poète écrit des vers sur un éventail tandis qu'autour de lui des femmes boivent du saké, accordent leur shamisen, etc. Pièce d'un coloris très chaud.

362. Scènes à plusieurs personnages. Deux pièces de grand format.

363. La pêche au filet dans la rivière. Dans le fond, le Foudji au sommet couvert de neige. Très curieuse pièce dans le genre d'Hiroshighé.

364. Acteur manœuvrant une poupée articulée. Pièce en hauteur.

365. Deux feuilles très curieuses et rares. Dans l'une, un homme pour montrer sa force à une jeune femme tient à bras tendu une table de gô. Dans l'autre, un nègre assis au bout d'un banc fait une culbute au moment où la dame assise de l'autre côté se lève.

366. Acteurs et courtisanes dans un bois de bambous. Beau triptyque où les personnages se détachent en tons brillants sur le fond sombre de la forêt.

367. Cortège princier. Une fiancée impériale marche, suivie de ses femmes. Superbe composition de cinq feuilles en excellent tirage à tons délicats.

368. Passage d'une rivière en norimono et sur les épaules de porteurs. Triptyque fort curieux en beau tirage.

369. Une vue du lac Biwa. Planche de format oblong. Magnifique épreuve de tout premier ordre.

370. Scène de drame à deux personnages. Au fond de la scène, terminée par le Foudji, des animaux de toute espèce se livrent un combat désordonné.

KOUNISADA

371. Paysages et vues du Foudji. Huit belles planches de format oblong.

372. Le feu d'artifice sur la Soumida. Grande composition à cinq feuilles. Le grand pont rouge qui coupe en deux la composition est chargé d'une foule immense. Au-dessous, acteurs, courtisanes, bourgeois sont empilés dans de longues barques que poussent des bateliers a peu près nus perchés sur le toit. Le tout se détache sur un ciel noir piqueté de blanc où éclatent des pièces d'artifices.

373. Promenade de courtisanes par un temps de neige. Pièce en hauteur.

374. Poète en contemplation devant des montagnes bleues. Pièce oblongue.

375. Trois courtisanes, se détachant en pleine lumière sur un fond de brouillard habilement rendu. Composition triptyque.

376. Tir à l'arc ; — Deux femmes et un petit garçon en Manzaï. Pièces en hauteur. — Scène de drame, format oblong.

377. Combat de deux géants. Triptyque d'une composition puissante et d'une curieuse anatomie.

KOUNIYOSHI

378. Vues sur le Tokaïdo. Belle suite de huit planches, d'une facture intéressante comme tout ce qui sort du pinceau de ce maître. Ces pièces seront vendues séparément.

379. Cortège de carnaval. Défilé burlesque de gens costumés et d'ivrognes. Longue pièce en format oblong figurant ici pour la première fois dans un catalogue. Composition aussi curieuse que rare.

380. Grenouilles et têtards se promenant et dansant. Pièce burlesque.

381. Scènes fantastiques, apparitions, goules, diables, etc. Six pièces de format oblong.

382. Pièce irrévérencieuse, parodiant l'adoration du Bouddha.

383. Animaux prestidigitateurs et faiseurs de tours. Planche en hauteur.

384. Sujets fantastiques. Apparitions, spectres, cauchemars, etc. Neuf pièces en beau tirage.

385. La foudre éclatant sur un arbre. Pièce de format oblong.

386. En Norimono dans les nuages. Scène fantastique. Pièce de format oblong.

KOUNITORA

387. Scènes et paysages sur le Tokaïdo. Quatre planches de format oblong. Ces planches intéressantes comme composition et comme dessin sont coupées de longues bandes de nuages roses qui leur donnent un aspect bizarre. C'est une imitation des nuages d'or dans les compositions de l'école de Tosa.

388. Trois belles estampes de format oblong en excellent tirage avec gaufrures.

1. Plage et bain de mer en face des rochers d'Enoshima.

2. Femmes et porteurs au bord de la mer. Dans le fond, le Foudji.

3. Femmes et enfants ramassant des coquillages sur une grève.

TORIN

389. Un guerrier couché sous sa selle qui supporte un très long sabre. Curieuse pièce de format oblong.

SHIGHÉHAROU

390. Personnage suivi de guerriers. Œuvre excellente d'un puissant caractère. Rare.

HOKOUSHIOU

391. Portrait d'acteur vu en buste. Pièce en beau tirage.

SADAHIDÉ

392. Une fête de nuit dans une île. Pièce fort intéressante comme exécution et comme document de la vie réelle au Japon. Triptyque rare en beau tirage.

393. La fête des pompiers à Yédo. Les compagnies de chaque district se rendent dans leur quartier, armées de leur étendard, de leurs piques et de leurs échelles et se livrent à des exercices de force et d'adresse. Pièce documentaire de grand intérêt. Composition panoramique à trois feuilles.

HOKUSAI

394. Les vues du Foudji. Magnifique série de quarante-trois planches de format oblong, la plupart en excellent tirage.

1. Le Foudji rouge avec ciel craquelé.
2. Le Foudji frappé de la foudre.
3. L'étang des sapins.
4. Les scieurs de long.
5. Les cerfs-volants.
6. Le grand tonneau.
7. Le pêcheur tirant son filet du haut d'un rocher battu par les vagues.
8. Le grand cheval rouge.
9. Le toit d'un temple.
10. Le kiosque. Effet de neige.
11. La contemplation du Foudji du haut d'une terrasse.
12. Le pont circulaire.

13. Le grand bateau.

14. Le gros tronc.

15. Le moulin à eau.

16. Les cigognes.

17. Les trois cavaliers.

18. Les deux barques.

19. L'avenue de cryptomérias.

20. La grande vague.

21. La jonque rose.

22. Le passage du bac.

23. Le coup de vent.

24. Le Foudji se réflétant dans l'eau.

25 à 43. Autres vues de cette fameuse série, l'une des plus belles de l'œuvre d'Hokusaï.

Ces pièces, en état exceptionnel, seront vendues séparément.

395. Paysages sur le Tokaïdo. Trois belles estampes de format oblong.

1. Le château de Nagoya.

2. Des collines couvertes de neige au bord d'un lac. Au premier plan, une cabane où l'effet de neige est rendu avec une rare perfection.

3. Route au milieu d'arbres en fleurs formant comme un nuage rose au milieu de la composition.

396. La confection d'un four à poterie. — Rencontre de personnages un jour de fête. Deux pièces de format oblong.

397. Cortège d'une princesse dans la campagne. — Deux personnages nobles sur une terrasse. Deux pièces de format oblong.

398. Les Ponts. Magnifique série de huit planches en format oblong.

Très bel exemplaire de cette suite fameuse.

399. La chevauchée dans la neige. Estampe de format Kakémono. Une des estampes célèbres d'Hokusaï, une de celles où il s'est montré le plus coloriste.

400. Deux cavaliers, sur une route au sable rose, passent auprès d'un pêcheur à la ligne qui ne lève même pas la tête. Très belle pièce en format Kakémono.

401. Corbeille de feuillage et de fleurs. Longue pièce oblongue.

402. Trois jeunes femmes près d'un brasero. Long sourimono oblong.

403. Fête au Yoshiwara. Grande composition à cinq feuilles. Fort rare.

Dans le grand salon, on a élevé un autel décoré de petits Dharma. Une femme semble lire des prières que d'autres écoutent attentivement, tandis que plus loin d'autres femmes déballent des cadeaux qu'elles viennent de recevoir; d'autres procèdent à leurs toilettes, d'autres sortent processionnellement, escortées de leurs petites suivantes. Dans la planche de droite, on voit la cuisine et la préparation des mets. C'est un véritable tableau de la vie au Japon, qu'Hokusaï nous présente ici avec cette variété et cette exactitude dans les détails qui font de lui le peintre par excellence des mœurs japonaises.

404. Le drame des Ronins. Série fameuse. Onze planches de format oblong.

405. Les Cascades. Magnifique série de huit planches en hauteur en excellent tirage.

406. Les Poètes célèbres. Six planches de grand format.

407. Les sites fameux des îles Liou-Kiou. Belle série de huit planches de format en bon tirage ancien.

408. Cinq planches de la belle série des Cent poésies illustrées. Pièces de format oblong en beau tirage ancien.

La série complète comprend environ quarante-cinq gravures.

409. Six belles pièces de la série des Cent poésies illustrées. Estampes de format oblong en excellent tirage.

410. Paysage de printemps. Une colline enfouie sous des masses de feuillage rose. Personnages au premier plan. Très belle pièce.

411. Femmes arrangeant des fleurs dans des vases. Jolie petite pièce carrée.

412. Le pêcheur à la ligne. Scène à deux personnages. Petit format en hauteur.

413. Pièce de la série des Ronins.

414. Un homme assis sur un banc rustique. Pièce oblongue. Impression en jaune et vert.

415. Vue du Foudji. — Les cerf-volants.

416. Vue sur le Tokaïdo. Deux pièces en très beau tirage ancien, ton bruni.

417. Portraits de poètes célèbres. Deux pièces de grand format.

418. Personnage debout, une massue à la main. Pièce de grand format.

419. Série des Cent poètes. Cinq pièces de grand format oblong en excellent tirage à tons brillants.

420. Un bac soulevé par une vague. (De la série des *Trente-six vues*).

421. Femmes et hommes en partie de plaisir dans un grand bateau à la carène noire, illuminé de lanternes dorées. Pièce de grand format oblong. Très beau tirage en sourimono.

422. La légende d'Ourashima Taro, le pêcheur, qu'une déesse de la mer emmena dans son palais sous-marin et qui ne revint sur terre qu'un siècle plus tard. Charmante pièce de format oblong.

423. La grande vague. Magnifique exemplaire. (De la série des *Trente-six vues*).

424. Le Foudji se reflétant dans un étang.

425. Le Foudji vu dans le lointain, de l'autre côté d'un lac.

HIROSHIGHÉ

426. Vues de la route du Tokaïdo et scènes diverses. Magnifique série de cinquante-quatre planches en excellent tirage.

Ces pièces seront vendues séparément. Il nous parait inutile de les décrire, c'est un ensemble de pièces de choix.

Nous signalerons cependant les plus remarquables :

1 — Les porteurs sous la pluie.

2 — Les grands bateaux près de la grève, avec un effet de brume excellemment rendu.

3 — Bataille de femmes dans une rue.

4 — Le pont de Yédo.

5 — La traversée de la rivière.

6 — Le temple avec des échafaudages.

7 — La baie encadrée par des pins parasols.

8 — L'averse dans la montagne.

9 — Pont près d'un village.

10 — Le coup de vent.

11 — La halte des porteurs à Fujiyéda.

12 — Chevaux dans un pré.

13 — Village sous la neige.

14 — Grand pont sur pilotis. — Montagnes bleues à l'horizon.

15 — Le Foudji couvert de neige.

16 — Rue d'un village au bord de la mer. — Ciel rose coupé de nuages bleus.

17 — Un pavillon de thé. — Ciel rose.

18 — Effet de brouillard.

19 — Sentier dans la montagne.

20 — Pente de montagne couverte de neige.

21 — Voyageurs préparant le thé sous un arbre.

22 — Vue panoramique avec un grand nombre de personnages.

23 — Avenue de cryptomérias dans les rizières.

24 — Une baie terminée par des rochers à pic dominant la mer. Ciel jaune.

25 — Trente autres vues en beau tirage.

427. Vues prises sur la route du Tokaïdo. Jolie série de cinquante-quatre planches de petit format.

Ces pièces en bon tirage seront vendues par deux.

428. Vues du lac Biwa. Belle série de huit planches en hauteur. Ces sites fameux sont représentés tantôt sous un ciel torride, tantôt couverts de neige. Les uns sont peints sous le brillant soleil de midi, les autres sous les rayons de la lune qui estompe les montagnes lointaines ou le feuillage des arbres de premier plan avec une extrême douceur. Cette suite de vues du lac Biwa est non moins rare que la suite célèbre de format oblong.

429. Vues de Tokio et des environs, vingt-cinq planches de grand format.

430. Six estampes de la série Tamagawa. Scènes et paysages, grand format.

431. Vue prise aux environs de Kioto. Superbe effet de neige. Quatre femmes près de la clôture d'un jardin s'abritent contre la neige qui tombe à gros flocons et qui couvre déjà les arbres, les toits et la route. Excellente pièce de format oblong en très beau tirage.

432. Vingt estampes de format oblong. Sites et paysages, effets de neige, de pluie et de brouillard. Très bonnes pièces en tirage ancien qui seront vendues séparément ou par deux.

Chacune de ces pièces mériterait une description spéciale; toutes sont dignes de l'attention des collectionneurs.

433. Paysages en petit format kakémono. Un pont conduisant à un village couvert de neige. Au fond le Foudji. — Des barques sur la mer vues du haut d'une colline. Deux charmantes pièces en très beau tirage.

434. Des pèlerins près des bâtiments d'un temple couvert de neige. — Pêcheuses de crevettes. — Cinq personnes admirant des cerisiers en fleurs. Trois belles estampes en petit format kakémono.

435. Fleurs et oiseaux, suite remarquable de quatre planches en petit format kakémono. Pièces en beau tirage.

436. Les poissons. Admirable suite de dix planches de format oblong.

Exemplaire en très bel état de cette série fameuse.

437. Autre série de poissons, crabes et crustacés. Neuf planches de format oblong en tirage excellent.

Ces dix-neuf planches justement célèbres dans l'œuvre d'Hiroshighé ont leurs places marquées dans toutes les belles collections d'estampes japonaises.

MAGNIFIQUE SUITE D'ESTAMPES EN GRAND FORMAT KAKÉMONO

438. Un aigle sur un pin. L'oiseau relève une de ses serres puissantes et s'accroche de l'autre au tronc de l'arbre. Il déploie ses ailes immenses, et, de son œil fauve ; semble guetter une proie vers laquelle il va s'élancer.

439. Une cigogne debout sur une branche de pin. L'oiseau se profile sur le disque rouge du soleil.

440. Un aigle sur un pin. Soleil couchant.

441. Milan dévorant un insecte.

442. Combat de deux chimères le long d'un rocher.

---

443. Femme sur une passerelle devant une cascade. — Un daïmiyo gravissant une prairie dans les montagnes. Deux belles pièces en format kakémono.

444. Deux chauve-souris. Petite pièce en blanc sur bleu.

445. Un moine portant un morceau d'étoffe au bout d'un bâton. Pièce de petit format.

446. Scènes et paysages. Six pièces de grand format.

447. Vues aux environs de Yédo. Cinq pièces en hauteur.

448. Vues sur la Soumida et le Tokaïdo.

Sept planches de format oblong :

1 — Bateaux déchargeant leurs marchandises.

2 — Cavaliers dans une avenue d'arbres conduisant à un village.

3 — Fête de nuit et feu d'artifice. Au premier plan, un pont et des guinguettes illuminées de lanternes rouges. Pièce rare en beau tirage.

4 — Une grande pelouse traversée par une route bleue et entourée de constructions. Vue panoramique.

5 — Une baie encadrée au premier plan par des collines ombragées de pins parasols.

6 — Réparations au toit de Nagoya.

7 — La foule dans la rue, un jour de fête. Pièce très curieuse, ayant l'aspect d'une gravure de Debucourt.

449. Vues aux environs de Yédo. — Un pont avec guirlandes de glycines. — Une cascade tombant dans un bassin, etc.

450. Paysages et vues des environs de Yédo. Six planches de grand format.

451. Paysage au bord d'un lac, format oblong. Pièce rare. Tirage ancien à ton bistré.

452. Collines en face des rochers d'Enoshima. Pièce en éventail.

453. Personnage et silhouette. Deux pièces.

454. Une grue au milieu de fleurs. Jolie pièce carrée.

455. Hallucinations. Un personnage debout sur une terrasse tire son sabre en contemplant un paysage qui prend à ses yeux les aspects d'ossements décharnés, de têtes de mort, etc. Composition étrange et rare.

456. Un tigre dans les bambous. L'animal bondit en avant en agitant sa queue puissante. Son poil hérissé, ses griffes déchirant le sol, son regard faux, tout concourt à lui donner un aspect terrible.

457. Une vue du Foudji. Pièce de petit format, en excellent tirage.

458. Campement de troupes dans une prairie, au coucher du soleil. Préparatifs du souper, factionnaire montant la garde, officier faisant une ronde, tous les détails de cette scène sont rendus avec beaucoup de vérité. Le fond de la composition est occupé par un paysage traité avec le plus grand soin. Triptyque fort rare.

459. Cortège de carnaval. Diptyque intéressant.

460. Au bord de la mer. Grande composition panoramique à deux feuilles. Exemplaire taché.

461. Promenade sous les cerisiers en fleurs. Paysage de printemps. Diptyque.

462. Montagne neigeuse. Beau diptyque ayant malheureusement souffert de l'humidité.

463. Feu d'artifice sur la Soumida. Composition panoramique de deux feuilles.

464. Paysages. Deux pièces de format oblong en excellent tirage.

1. Une maison de thé au bord d'une rivière. Tirage primitif.

2. Un pont par un temps de canicule.

465. Vues prises sur la route du Tokaïdo. Vingt paysages de format carré. Tirage de premier ordre.

Ce numéro sera divisé à la vente.

HOKKEI

466. Un cavalier fouettant son cheval. — Une apparition. Deux beaux sourimonos de format carré.

467. Femme et enfant lisant une inscription sur un torii. — Récolte du mûrier. Effet de soleil couchant. Deux sourimonos.

468. Personnage voyant dans un rêve Kintoki frappant un ours de sa hache. — Personnage prosterné devant un daïmiyo.

KEISAI YEISEN

469. Femmes dans la rue, la nuit. Belle pièce de format oblong. Curieuses oppositions de lumière et d'ombre.

470. La rue des théâtres. La foule se presse sous les bannières, les affiches, les lanternes et les crieurs qui la sollicitent.

471. Pêche aux canards, la nuit. — Halte de porteurs près d'un pavillon de thé. Deux estampes de format oblong.

472. Un ilot au milieu d'un lac. Effet de neige. — Un sentier dans la montagne. Deux pièces de format oblong.

HOKOUJIOU

473. Quatre marines, dans lesquelles l'artiste s'est évidemment inspiré d'estampes européennes. L'imitation se trahit dans la manière dont est traitée la perspective, dans la recherche des ombres portées et jusque dans le coloris qui rappelle un peu celui des estampes anglaises du commencement du siècle. Quatre pièces de format oblong.

474. Une route au bord de la mer. Très belle pièce en format oblong.

475. L'étang des nénuphars. Estampe de format oblong.

476. Paysage traité à l'européenne, avec un fleuve au milieu et des barques portant des seigneurs en costumes Louis XIV. Cette estampe semble être une copie d'une de nos vues d'optique du XVIIIe siècle.

SOGAKOUDO

477. Fleurs et oiseaux. Douze planches de grand format d'un beau coloris.

HIAKOUO

478. Estampe en éventail. Récolte du mûrier.

HOKKEYOSHI

479. Scène des rues, traitée à la manière burlesque de l'école de Yédo.

SOURIMONOS

480. Seize sourimonos d'Hokusaï et de ses élèves, montés à deux par feuille. Pièces en charmant tirage.

481. Belle collection de quinze sourimonos de format carré ou oblong par Hokusaï, Hokkeï, Gakouteï, Kounisada, etc.

Ces deux numéros de sourimonos seront détaillés à la vente.

ALBUMS

KORIN

482. Kôrin hiakkou dzu. Cent dessins de Korin. Modèles pour laqueurs et ciseleurs, brodeurs, etc. Deux volumes, in-4°, fig. en noir.

483. Kôrin hiakkou dzu. Autre série. Deux volumes in-4°, fig., en noir.

OUTAMARO

484. *Shioki no tsouto*. Souvenirs de la marée basse, poésies sur les coquillages par les membres d'une société littéraire. Gravures en couleurs d'Outamaro; tirage à tous brillants (1792). Planches doubles. En un vol. in-4, cart.

TOYOKOUNI

485. Illustrations pour le *Genzi Monogatari.* Un volume de format carré. Planches en couleur. Curieux pastiche du style de l'Ecole de Tosa.

KOUNISADA

486. Les plus beaux sites du Tokaïdo, d'après Hiroshighé, avec addition de personnages au premier plan. Format carré.

487. Acteurs et scènes de théâtre. Six albums de grand format.

HOKUSAI

488. *Fougakou Hiak'kei.* Les cent vues du Foujiyama, par Hokusaï. Trois volumes in-8, gravures à deux tons, noir et gris.

489. *Toto shokei itiran.* Les promenades de Yédo. Trois volumes in-8, gravures en couleur.

490. *Yé hon-Adzouma-asobi.* Les Beaux endroits des environs de Yédo. Trois volumes in-8, gravures en couleur.

491. Les plus beaux sites de la route du Tokaïdo. Deux volumes in-8, gravures en noir et gris avec un ton rose. La petite Mangwa d'Hokusaï. Un volume in-8, gravures en couleur.

492. Les Vues des bords de la Soumida. Trois volumes in-4. Planches en couleur.

HIROSHIGHÉ

493. Les trente-six vues du Foudji, par Hiroshighé. Album de trente-huit planches de grand format.

Une des premières œuvres de l'artiste.

494. Les plus beaux sites de la route du Tokaïdo. Album de cinquante-cinq planches de grand format.

495. Le Tokaïdo. Album de format oblong. Bonnes épreuves en tirage ancien.

496. Tokaïdo de petit format. Pièces en tirage ancien.

497. Yédo Meisho. Vues d'Yédo et de ses environs. Album de cent dix-neuf planches de grand format.

498. Sites célèbres du Japon. Album de soixante planches de grand format.

499. Vues de Yédo et de ses environs. Album de soixante-douze planches de grand format.

500. Vues des provinces. Album de planches de grand format, en tirage ancien.

SÉRIE DE DOUZE PIÈCES EXCEPTIONNELLES

Chefs-d'œuvre de la chromo-xylographie japonaise, ces estampes qui figurent pour la première fois dans une vente, sont dignes d'être considérées comme des têtes de collection et méritent l'attention des amateurs les plus délicats.

Elles seront vendues dans la vacation du mercredi 20 février, vers quatre heures de l'après midi.

HAROUNOBOU

501. Jeune mère, nue jusqu'à la ceinture, débarbouillant son enfant dont le visage est tout couvert de noir. Composition comptant parmi les plus séduisantes du Maître.

Exemplaire admirable.

502. Une terrasse. — Un dieu assis, contemplant la lune semble absorbé par des rêves poétiques. Une dame debout derrière lui paraît être en extase. Cette estampe, format en largeur, chef-d'œuvre de chromo-xylographie, est incontestablement l'œuvre d'Harounobou la plus prestigieuse et la plus parfaite qui jusqu'ici ait été offerte aux enchères.

SHOUNSHO

503. L'intérieur d'un appartement opulent. Une dame debout, regarde ses deux enfants s'amusant d'un jouet qui représente une chèvre. Pièce charmante d'une rare délicatesse de tons.

KORIOUSAI

504. Tigre bondissant au dessus d'une cascade. Le mouvement de l'animal, son pelage, ainsi que les accessoires de cette composition, sont rendus avec une virtuosité sans égale. Petit format en hauteur. Chef-d'œuvre d'impression chromo-xylographique.

SHARAKOU

505. Un acteur tragique (petit format) vêtu de noir, légèrement relevé d'ornements blancs; le personnage retrousse sa manche droite pour permettre à sa main fiévreusement ouverte, de saisir son sabre. Jamais le Maître, dans ses bustes célèbres en grand format, n'a réalisé dans la physionomie de l'acteur, une expression de férocité aussi résolue.

Pièce rarissisme.

506. Groupe de deux acteurs. L'un habillé en femme est accroupi, il tient entre ses deux mains un hochet en papier. L'autre debout paraît fort attentif à quelque scène se passant ailleurs.

507. Groupe de deux acteurs tragiques. L'un à genoux tient d'une main crispée la poignée de son sabre, il semble se préparer à quelque massacre. L'autre debout, le dos tourné, imite les mouvements de son compagnon.

Ces deux estampes, grand format, fond micacé clair, sont admirables et de la plus grande rareté. L'habileté de la composition, l'intensité expressive du visage, la richesse des costumes ainsi que la beauté intacte de l'impression, en font des pièces hors ligne.

OUTAMARO

508. Jeune femme en buste. Elle est en peignoir blanc, laissant apercevoir un vêtement de dessous nuancé de rose. Pièce exquise, inconnue jusqu'ici dans l'œuvre du Maître. Grand format, sur fond micacé.

509. Kintoki élevant ses bras entourés de fils, en guise de dévidoir, tandis que sa nourrice dont le type n'a jamais été réalisé avec autant de vigueur, remonte le fil sur une pelote. Pièce capitale, dont l'effet est indescriptible. Jamais Outamaro n'a atteint une telle grandeur de style. L'on est saisi devant l'expression de haine qui se manifeste dans les traits de Kintoki, révolté du rôle que Yama Ouwa lui impose.

Exemplaire admirable de tirage et de conservation.

TOYONOBOU

510. Un seigneur et une noble dame en promenade, abrités sous un parasol. Admirable pièce d'un grand caractère. Tirage irréprochable vert et rose. De premier ordre.

TOYOKOUNI

511. Une dame, appuyée contre une paroi, tient sur ses épaules un petit chien blanc. La robe en noir velouté uni et la ceinture d'un rouge écarlate, forment une de ces audaces d'opposition violente que les artistes japonais seuls osent risquer ; et pourtant l'effet d'ensemble n'en est pas moins harmonieux. Trois autres dames montrent leurs têtes curieuses à une ouverture du panneau. Superbe exemplaire en grand format.

YASHI-TOSHI

512. Un coucher de soleil. Œuvre déconcertante d'un auteur dont on ignore presque l'existence. Dans cette composition il se montre aussi puissant qu'Hiroshighé. Le disque du soleil pâli s'aperçoit à travers une branche de cerisier en fleurs. Au premier plan, la surface tremblotante de l'eau reflétant les dernières lueurs de l'astre est rendue avec une vérité quasi-magique, c'est à faire illusion. Tirage admirable en grand format, pièce hors ligne et absolument inconnue.

TABLE

OBJETS D'ART JAPONAIS

ESTAMPES JAPONAISES

ALBUMS

RED. :

23

MIRE ISO N° 1
NF Z 43-007
AFNOR
Cedex 7 92080 PARIS-LA-DEFENSE

graphicom

0 1 2 3 4 5 6 7 8 9 10

www.ingramcontent.com/pod-product-compliance
Ingram Content Group UK Ltd.
Pitfield, Milton Keynes, MK11 3LW, UK
UKHW031955260826
14628UKWH00005B/2068

9 782329 307787